뮤즈의 담배에 불을 붙여 주었다

시작시인선 0424 뮤즈의 담배에 불을 붙여 주었다

1판 1쇄 펴낸날 2022년 5월 20일
지은이 이향란
펴낸이 이재무
기획위원 김춘식, 유성호, 이형권, 임지연, 홍용희
책임편집 박찬세
편집디자인 민성돈, 장덕진
펴낸곳 (주)천년의시작
등록번호 제301-2012-033호
등록일자 2006년 1월 10일
주소 (03132) 서울시 종로구 삼일대로32길 36 운현신화타워 502호
전화 02-723-8668
팩스 02-723-8630
블로그 blog.naver.com/poemsijak
이메일 poemsijak@hanmail.net

ⓒ이향란, 2022, printed in Seoul, Korea

ISBN 978-89-6021-632-7 04810
      978-89-6021-069-1 04810(세트)

값 10,000원

뮤즈의 담배에 불을 붙여 주었다

이향란

천년의
시 작

사람으로부터 멀어진 사람
그리하여 사람을 벗어난 사람
구름 속의 그런 그가
가늘고 긴 담배를 꺼내 물면
나는 내 눈물을 힘껏 그어
불을 붙여 주었지
아직도 서툴고 서럽지만
외롭고 높고 쓸쓸하지만
빛나는 어떤 것만으로도 괜찮아
겨우 웃으면서

차 례

시인의 말

9

제1부 그 직면에게 왜 나는

모르포나비를 아세요

다가온 적 없다
다녀간 적도 없다
아무도

오로지 당신이다. 한 번도 본 적 없으나 겹눈 속 내 영혼을 밀고 들어서는 당신이다. 그럴 때마다 나는 나도 모르는 나로 빛이 난다. 서럽고 차가운 환영으로 몹시 어지럽다. 내가 아닌 나로 들락거리다 먼지 때문에 쿨럭거린다.

당신이라는 가벼움
당신이라는 반사
당신이라는 날카로운 간섭

어쩌면 이것이
내 생애 최고일지도 모른다는 생각에
홱 돌아보면

없다, 당신

빙벽 봉함

빙벽이라는 봉함

어느 누구에게도 들키지 않은 것들이
들킬 수 없는 것들이
들키고 싶지 않은 것들이
차가운 무덤으로 밀봉돼 있는

꽝꽝 언 빙벽 그 속에는
거침없이 흐르던 물과 두려운 줄 모르게 타오르던 불과
공중을 뚫던 날개가 버티고 있다

미끈거리는 즐거움을 처바르고

그립다는 말은 사용 금지
외롭다는 말도 접근 금지

빙벽 속은
보거나 듣거나 만질 수 없는 것들의 거처

투정처럼 찍으며 오르는

아이스바일*이라면 모르겠지만

빙벽은 버려진 자의
단단한 고독이라서

함부로 뜯어 볼 수 없는 마음들이
껴안은 채 투신한 거라서

그럼에도 불구하고
영하의 날씨를 기웃거리며 달라붙는 사람들

* 아이스바일: 빙벽 등반에 쓰이는 용구.

맹목

이런 첨단을 보셨나요
손 하나 까딱하지 않고도 앞으로 나아가는
무진장 말입니다

바퀴 없이 절로 굴러가는
용감무쌍 말입니다

이게 최첨단 아니고 뭐겠습니까
거리를 가늠하기도 전에 눈이 멀어 버려
보이지 않지만 또렷이 보이는 것
돌부리에 걸려도 다시 일어나 걸어가는 것

눈비의 계절도 불사하는
이런 순백 무모의 꽃잎을 본 적 있으신지요

눈 없는 동굴어는
분명 아닌데 말이지요

그래서 어처구니없다는 소리를 듣고는 하지만
맑으므로 뜨거운 이에게서만 흘러나오는

맹목

이토록 엄청난 물줄기를 보신 적 있으신지요

아픔 아키텍처

아픔에 대한 설계를 본 적이 있다
어제의 상처와 지금의 상처와 내일의 상처가 어둠 사이로
길게 뻗은 채 눈시울을 적시고 있는,

나무와 벽돌과 콘크리트와 강철이 타협하듯이
바람과 구름과 햇빛이 서로를 빚어 공허 한 채를 완성해
가고 있을 때
나는 모퉁이에서 어설픈 슬픔을 깎고 다듬는 중이었다

상처의 재료는 무엇일까

아키텍처는 모든 입들과 가슴을 봉하고 못으로 박아
시간보다 더 오래 더 많이 견딜 수 있게 하는 것

힘든 만큼 아름다운 고딕처럼

세월을 기반으로 한 지하층은 내구성이 강한 슬픔을 깔고
침묵의 이끼로 미끈거리는 시간은 벽체로 세우며
습지를 넘나드는 마음엔 커다랗게 통창을 낸다

>
균열을 앓거나 붕괴되지 않도록
견딜 수 없어 하는 것들은 견딜 수 있는 것으로 환기시키고

살고 싶다 살아가겠다, 를 반복하며 쌓다 보면 정말 사는
듯이 살아질까?
더 이상 아프지 않고?

외벽을 타고 내리던 비는 도면으로 고요히 스며드는데

네가 내게 사랑을 고백할 때

네가 내게 사랑을 고백할 때 시리아에서는 민간인을 향한 정부군의 무차별 공습으로 무고한 사람들이 수없이 죽어 갔고, 아프리카 어느 들녘에서는 야생의 짐승과 짐승이 서로를 먹기 위해 피를 흘리며 물어뜯고 싸웠다.

아, 부드럽고 달콤하여라. 사랑의 고백이 내 몸을 휘휘 돌며 피처럼 뜨거워질 때 생계를 감당하지 못한 한 가정의 아비는 17층 아파트에서 나비처럼 훨훨 생의 그늘을 날렸고

너의 사랑 고백이 호수 한가운데에 이는 파문처럼 내 영혼 속으로 번져 갈 때 달리던 자동차에 치여 개죽음이 된 누군가의 심장은 바닥으로 스며들었다.

구름이 잔뜩 끼어도 날 수 있는 하늘
그곳 어디에선가 수백 명을 태운 비행기가 갑자기 검은 연기를 뿜으며 추락할 때, 바로 그 하늘 아래 색색의 튤립이 만발한 곳에서는 한 남자와 한 여자가 하객의 축하를 받으며 한 발 두 발 결혼 행진을 하던 중이었다.

네가 내게 사랑을 고백하던 바로 그때 그 순간,

>

밤새 진통을 겪던 산모는 마침내 자연분만으로 낳은 아기의 탯줄을 끊었고, 한 달 전 어렵게 결혼한 고향 친구는 이혼하고 싶다는 말을 비명처럼 외쳐 댔다.

너는 아니?
네가 내게 사랑을 고백하던 그 순간은 수많은 내가 다시 살아나거나 나도 모르는 내가 죽어 버리는 슬프고도 기막힌 황홀이라는 것을

꽃으로 쏘고 총으로 피다

입 안에서 나고 자라 입 밖에서 죽는
마음이라는 무생물

골목길 돌고 돌아
우연히 마주친 그대에게
눈부시도록 빛나는 그 직면에게 왜 나는
꽃을 건네지 않고 총을 마구 쏴 댔는지

마음의 역설 마음의 부조리
그게 아닌데, 진정 그게 아니었는데

간절한 마음은 엉뚱하게
꽃잎을 날리면서 탕! 탕! 탕!
총으로 무장되기도 한다

왜 향기를 뿜지 못하고
애꿎은 총성으로 그댈 다치게 했는지

꽃을 난사한 후 시들어 가는 것은
결국 나라는 것을 잊은 채

재료들

나는,

푸릇푸릇 시건방진 청춘의 시금치였다가
눈물로 썰리는 양파였다가
토막 난 생의 살점으로 뒹구는 돼지고기였다가
사랑도 이별도 뭣도 아닌 채 주황으로 물든 당근이었다가
한숨과 눈물이 메마르다 다시 피어나는 말린 버섯이었다가

간장과 소금에게 소갈머리를 내주고
참기름 한 방울의 고소한 유혹을 마지막 방점으로 떨구며
어처구니없는 공동체를 이루고야 마는

더 이상 줄 게 없어 혼란과 갈등으로 범벅이다가
잡념과 잡담과 잡학과 잡설 그리고 잡지의 통속처럼
구겨지고 찢기며 끝내 뒷전으로 물러나면서도
흰 접시에 소복하게 담겨

누군가에게 먹히기를 기다리는 완성된 먹잇감으로서의
재료들

뮤즈의 담배에 불을 붙이며

물가에 사는 뮤즈는 담배를 좋아하지
물보라를 돌돌 말아 입술 없는 입가에 갖다 대고는
물고기처럼 늘 뻐끔거리지

뮤즈는 빛이라서
아니 어둠이라서 볼 수가 없지
조약돌로 누워 버릴까 생각은 하겠지만
그건 뮤즈가 아니라서

시간의 등 뒤에서 뮤즈는
뭔가의 신호를 기다리지

밤의 결을 따라 노래 부르고 춤을 추어도
어느 곳도 가 닿을 수 없지만
뮤즈는 외로운 걸 몰라 서성대기만 하지
낮의 물가나 밤의 기슭을

내게 어느 불면의 밤이 찾아와
끊었던 담배를 꼬나물었을 때
잠들지 못하는 뮤즈가 잽싸게 날아들었지

>
타는 내 담배에 젖은 담배를 갖다 대며
성급하게 훅훅 빨아 들였지

그리하여 뮤즈의 담배에 불이 붙기 시작했을 때
뮤즈는 내가 되고
나는 빛과 어둠 속으로 사라지는 나를 보았지

아무에게도 보이지 않고
수소문해도 찾을 수 없는

와인의 체위를 아세요

햇빛 아래 싱글싱글 맺히는 과일의 본명은 포도이고요
촛불 앞에서 머뭇머뭇, 그러나
군침 도는 고백의 가명은 와인이에요.

드디어 완성됐나요? 그럼 깨지지 않게 조심해서
어둡고 서늘한 침대에 뉘어 주세요.
껍질 속 바람과 햇빛이 마음껏 뒤척일 수 있도록
약간 기울여서요.

왼쪽으로 석 달 오른쪽으로 석 달
탱글탱글 꿈의 석 달 정신없이 와 닿을 입술의 석 달

빨간 오토바이를 타고 먼지 날리며 달리던 소년의
부릉부릉 심장 박동 소리에 비록 짓이겨지고 으깨졌지만
또르르 동그란 의지와 눈물은 더욱 투명해졌답니다.

아무도 모르게 은밀하게 바라보되
향이 새어 나오면 윙크해 주세요.

해 저물녘

>
빙글 돌리고,
빙글 바라보고,
빙글 마시고,
빙글빙글 추는,

물방울들의 춤

너무 크게 움직이지는 않으려고요.
여태 녹지 않은 햇빛을 천천히 녹이는 중이거든요.
새하얀 귀를 붉게 붉게 물들이는 중이거든요.

무덥고 긴 그해 여름을 쪼르르 잔에 따르면
재즈와 치즈의 얼룩이 묻어나는,

스위트하거나 드라이한 와인의 이 오묘한 체위를
혹시 아세요?

수레 혹은 감옥

안녕하세요, 안녕하세요 인사를 나누며
차나 밥을 같이 하기보다는 옷부터 바삐 갈아입고
계절이라는 수레에 혹은 감옥에
올라타거나 스스로를 가두는 사람들

벗었다 입었다 하는 것은 가벼운 철학
짧았지만 점점 길어지는 순종의 머리칼처럼

사람들을 게워 내다가 꽁꽁 얼리고
칼칼한 웃음 한 방으로 휘날리고 젖게 하다가
마른 흙 위 새순으로 돋게 하는
몹쓸 그러나 꽤 괜찮은

참 재미있나 보네요
아무도 박수를 안 치는데 말이죠

왜지? 뭐지?
출처 없이 떠도는 질문에 예보관은 구름으로 떠오르며

낙엽이 지고 눈이 내리는 건

태양과 달에 대한 화답입니다, 라는 해설을
늘 똑같이 곁들이고

포박된 채 끌려가는 사람들은
수레와 감옥에서의 생활을 마냥 즐거워하고

계절의 일탈을 유행이라 핑계 대며
최첨단 옷으로 생의 런웨이에 당당히 서고

뼈를 위한 레퀴엠

갈 데까지 갔다, 라는 말을 좀
빌려도 되겠습니까
닳고 닳아서라든가 끝까지 가서 더 이상은, 이라는 문장을
꺼내 써도 되겠습니까

피골이 상접했다, 라고 쓴 만장이
공중에서 개별 문장으로 흩날리는 겨울

매섭게 추운 그 문장 아래 꼿꼿이 서 있다가
한순간 성냥을 화악, 그어 버리고
멀리 아주 멀리 달아나도 되겠습니까

찢기고, 찔리고, 터지고, 썩어 버린
살의 투실투실한 후일담에 대해서는 정말
말하고 싶지 않습니다

겁 없이 살집이 오르던 그 시절은 야위고
뼈아픈 후회만 남았다는 말을
툭툭 분지릅니다

>
한 삽 두 삽 던지는 흙 속에서
뼈가 솟구칩니다

다행히 부드러운 흙의 일가라도 이룬다면
얼마나 좋겠습니까

나는 민트 향의 치약을 써요

무얼 쓰세요? 어떤 향이세요? 혹시 무향인가요? 나는 민트 향을 써요. 바르거나 뿌리지 않고 닦아요 그냥. 질겨 빠져 소화불량으로 남은 고기와 유기농 야채에 소스를 얹은 샐러드와 빛을 등져야 했던 어제의 텁텁한 피곤과 눅눅한 우울, 지난밤의 불투명하고 삐걱대던 꿈들을요.

한 손으로 꾸욱 누르면 한 세계가 흩어짐 없이 밀려 나와요. 촉촉이 버무려진 향이 고개를 들고 기지개를 켜요. 컴컴한 구석구석을 민트 민트로 환히 밝혀요. 지중해의 햇빛과 파도가 촤르르르 합창하며 드나들어요. 아침 안개가 사라지고 이슬이 숨어 버려요. 바람이 성급히 끼어들어요.

민트 향이 거품을 물며 더워질 때면 나는
발칙해져요. 오늘의 내게 다가가 키스하고 싶어져요.

시원하게 감도는 민트의 키스
끈적임 없는 식물성의 키스

민트 향이 나를 민망하게 해요.
그러나 애써 내보내진 않아요.

헛기침만 두어 번 작게 해요.

무엇을 쓰세요? 어떤 향을 쓰세요? 나는 이별을 앓기 시
작한 때부터 민트 향을 써요. 잘근잘근 민트 향을 씹어요.
민트 향을 삼키고 끝내 민트 향의 녹색 똥을 가늘게 한 잎
끄응 누고 말아요.

리버서블 코트

빨갛고 파란 너의 호기심이라면 그럴 수 있어
뒤집어 봐 나를

빨강을 뒤집을까 파랑을 뒤집을까
그렇게 색색으로 고민하면서

잠깐, 흘리거나 섞지는 말고
흰색이나 검정을 욕망하지도 말고

바람을 뒤집어 비를 부르는 그 순간을
너는 좋아하지만 나는 싫거든

너무 세게 힘을 주지는 마
홀라당 그거면 돼
나는 그다지 무겁지 않으니까
잠겨 있지도 않으니까

내가 누군지 모르겠다면
벗겨 봐 훌훌

\>

밖을 먼저 벗길까 안을 먼저 벗길까
밖을 안이라거나 속을 겉이라 고집부리지 말고
입혀 놓고 벗겼다고 호들갑 떨지도 말고

벗겼을 때 모든 게 속살이라면
나는 오늘부터 감자나 깎을 거야
밤을 깎든지

어느 쪽이든 너는 선택하려 들지
확인하고 싶어 안달을 하지

그런 너를 존중해
그건 취향이고 개성이니까

절대 뒤집거나 벗길 수 없는

샌드위치처럼 슬프게 그러나 아무렇지 않게

오늘이 분명 오늘인가요? 나는 오늘이라는 덫에 혹은 목구멍에 걸린 가시처럼 간신히 걸려 있는 건가요? 그래서 타인들로부터 살아 있다는 말을 듣지 못하는 건가요? 너무 당연해서?

그런데 어제가 생각나지 않아요. 어제의 시간, 어제의 날씨, 어제의 내가 영 떠오르지 않아요. 지난밤을 관통하는 동안 나를 어딘가에 흘려 버린 것 같아요.

두려워요. 오늘이 다다를 내일이라는 곳. 어제도 모른 채 서성이고 있는데 제대로 바라본 적 없이 느껴 본 적 없이 내일이라고 말해 버릴 어느 하루가 큰 아가리를 향해 들어가는 것처럼

충충을 이룬다는 것.
갑자기 무거워졌어요. 무서워졌어요. 보이지 않게 내 앞과 뒤에서 포개지는 것들로 나는 숨이 막혀요. 맞아요. 그랬던 거군요. 짐승과 사람 사이에서, 내 어머니와 내 딸 사이에서, 유통기한이 지난 사랑과 이별 사이에서 나는 곰팡이나 피지 않게 버티는 중이었군요.

>

슬프다는 것이 이토록 겹을 이루는 몸인 줄 몰랐어요. 그러나 지금까지 그래 왔던 것처럼 계란과 햄과 오이와 양배추를 사이사이에 넣고 흠, 흠 시치미를 떼면 되는 거죠?

샌드위치처럼 슬프게 그러나 아무렇지 않게

수염 있는 여자

그리움이 줄곧 매달려 있는 당신처럼
희고 긴 수염을 기르고 싶어요

비가 갇혀 걸음을 묶고
바람은 넘어져 훌쩍대는

어디 그뿐인가요
태양의 일력이 빼곡히 들어차
조금만 몸을 기울여도 따스함이 고개를 내밀고

끊기거나 멈췄던 음악들이
다발 다발 오선지를 펼치며 음표로 드나드는
긴 수염을 갖고 싶어요

고독이 지나쳐 밥맛을 잃을 땐
턱 아래에서 종유석처럼 뒤집어져
축축 늘어지고도 싶어요

모르죠
부드러운 수염 사이사이로 들꽃이 피고

흰나비가 앉아 어제의 꿈을 묻혀 줄지도

그러니까 나도 당신처럼
수염을 기르고 싶다고요

돌돌 말아 올린 몇몇 구름이
이름 모를 풀로 돋아나면
비껴간 인연을 곱고 길게
땋고 싶어요

제2부 도둑 같고 짐승 같은

폭염

    뜨거움이 사라진 후생이 부끄러운 줄 알라고, 타 죽을지라도 너와 나 그리고 우리는 끝내 뜨거움의 귀퉁이도 모르는 사람들. 그러므로 이 계절엔 그렇게라도 생을 끌고 가야 한다고, 찌는 듯한 더위와 절절 끓는 바닥이 살인적이라 불릴 때 역시 태양을 삼킬 듯이 눈을 부릅뜨고 올려다보라고, 점화된 여름빛의 절규를 핀처럼 몸 곳곳에 잘 꽂아 두라고, 그런 것도 없이 어찌 그늘 아래 선선히 서 있을 생각이냐고, 이글거리는 집념을 심장에 걸고 뛰라고, 불나방처럼 죽기 살기로 달려들라고, 남아 있다고 생각되는 소소한 것조차 불태우고 폭파시키라고, 이번이 생애 마지막 여름이라는 심정과 오기로 목이 바싹 타들도록 너를 불러일으키라고, 닦아야 할 것은 땀이 아니라 오염된 마음이라고, 벗고 싶다면 어울리지 않는 갑옷이나 벗어 던지라고

    폭염은 몹시 서운했다. 잔열을 놓지 않고 늦은 밤까지 사람들에게 권유했다. 계속, 끝까지 설득했다. 뜨거움이 질질 새도 끝내 말귀를 알아듣지 못하는 사람들은 부채와 선풍기 혹은 에어컨 앞에서 한여름 밤의 땀과 꿈만 말려 대느라 밤새 잠을 설쳐 댔다. 열대야라는 주문만 부질없이 읊어 대며

밀려오는 것들

이제 그만하자고 안녕을 흔든다
맺혔던 것들을 털며 갑각류를 꿈꾼다

욕망 없는 세계란
얼마나 가볍고 투명하고 자유로울까

헐렁거리는 허물을 벗는다
무딘 칼을 칼집에 넣고
총알이 장전되지 않는 총을 버린다

밖의 빗줄기를 잡아당겨 뻑뻑한 눈동자를 닦고
애써 눈물이라고 말한다

끝이라거나 마지막이라는 말 뒤에 훌쩍임을 곁들이는데도
안은 몹시 건조하다

바스락거리는 소리 곁에 가습기를 틀고
젖은 빨래를 널고

먼 곳으로부터 기어 오는 것들

슬금슬금 밀려오는 것들

차마 도려낼 수 없는 것들이 기어이
딸깍, 불을 켠다

가을은 짐승처럼

움직일 때마다 바람 소리와 함께
찬 입김을 몰아 대지만

곁눈으로 흘낏
누런 이빨을 반짝이지만

들판으로 내몰리고 산으로 기어오른 것들을
먹잇감처럼 노랗고 붉게 표시해 두지만

구름 낀 하늘을 하루에도 서너 번
맑은 물에 씻어 널고는 하지만

안팎 공기는 따스하면서도 차가워
오슬오슬 두렵게 하지만

홀연히 서러움의 방향으로
그림자를 기대고 글썽거리기도 하지만

전혀 모습을 드러내지 않는

\>

정체불명의

도둑 같고 짐승 같은

가을

유리 감옥

염려하지 마 어두워서 보이는 거니까
검은 빛과 함께 뒹구는 것들

이곳은 송신이 안 돼
한 페이지에 불과하지만 넘길 수가 없어

꿈에서조차 넘겨지지 않는 이곳은
불가능이 가능처럼 수런거리는 곳

그래도 세상이 얼마나 투명한지는 잘 보여
유리 밖 소음은 심장을 뛰게 하지만
나는 더 이상 나가려 애쓰지 않아

누군가는
절대 빠져나갈 수 없기 때문이라고 말하지만
그렇지 않아
나갈 수 있으므로 나가지 않는 거야

나는 이곳이 밖일지도 모른다는 생각을 해
가끔은 보이지 않게

바람이 불고 비가 오고 눈발이 날리기도 하거든

마음에 잔잔한 소름이 돋는 것만으로도 난 알아
어떤 영혼이 넋두리를 털어놓는 건지

아득한 곳으로부터 켜켜이 밀려오는 소리
그것만으로도 나의 밤은 햇빛만큼 충족해

지금의 내겐 갇힌다는 말이 풀린다는 거로
들어온다는 말이 나간다는 거로 들려

고요하게 옥죄는 이 느낌을 너는 아니?
죽은 몸에서 피가 돌고 눈동자가 반짝이고
맥박이 뛰는 이곳을 나는 천국이라 불러

어때, 수인 번호가 없어서 탈옥이 어려운
인간의 밖에 갇혀 보지 않을래?

먼 데 있는 사람

그는 내가 첫눈을 굴려 만든 사람
그러나 완성하자마자 녹아 버린 사람

나는 그를 만드는 데에 꼬박 하루를 바쳤다. 심장을 만들고 혈관을 잇고 머리카락을 심었다. 얼굴은 아무래도 좋았다. 사람을 벗어나게 했다가 사람으로 다시 끌어 잡아당기며 부쉈다 쌓고 지웠다가 그렸다. 고독은 그때 간간이 흘러나왔다. 녹물처럼 볼품없이. 본 적 있으나 떠오르지 않고 내 몸만 자꾸 훑게 하는 사람. 바퀴 빠진 그리움은 멀리 가질 못했다.

어느 날 내가 시간의 비릿한 껍질을 벗기며 울고 있을 때 그가 걸어왔다. 축축한 걸음을 이끌고 자박자박. 흰 손을 내밀었다. 그러나 만지자마자 녹으며 사라지는,

이제 눈은 더 이상 오지 않는다
첫눈을 굴리던 그 거리 그 자리에서 나는
겨울의 모습으로 울먹거렸다

>

녹아 버린 그를 다시 완성할 수 있다면

그러나 눈은 그와 나의 바깥에서만 흩날렸다

물의 역

흐르고 또 흐르다 보면
멈추고 싶을 때가 있지요

햇볕이랑 구름이랑 새의 그림자에 놀라
나도 한번, 하면서 브레이크를 걸고픈 때가 있지요

미끄러지듯 올라탄 가랑잎과 이야기를 나누고
속살 켜켜이 스며드는 바람의 물보라 고백도 들어 가면서
밤이 밤인 줄 모르게 달과 질탕 놀고픈 때가 있지요

소리와 흔적이 남지 않는 곳에서
시간마저 멈춘 자리에서
내가 내게 깊숙이 스며들어
뜨겁게 소용돌이치고픈 때가 있지요

물비늘의 다정함도 뒤돌아보고
닳고 닳은 지느러미도 어루만지면서
기인 머릿결을 휘날리고픈 때가 있지요

비에 젖지 않는 수심을

오래도록 들여다보고픈 때가 있지요

그러다 꽝꽝 나를
닫고픈 때가 있지요

수면의 조롱

있으나 없는
보이나 보이지 않는

펼쳐 모든 걸 드러내는 듯하지만
절대 들키지 않는

저를 벗어나려 잔잔히 애쓰는

만지는 순간 물속으로 사르르르 녹아 버리는

무한한 평면으로 돌돌 말린

귀신이 질질 흘리는 침
유령의 가늠할 수 없는 마음

해와 바람과 눈과 비는 비비 밀밀하게 계속 달라붙지만
튕겨 내거나 미끄러뜨리거나 삼켜 버리는

물에 빠진 제 영혼을 건지겠다고

허연 팔뚝을 집어넣고 휘휘 젓는 달마저 허용치 않고
핥아만 대는

애인과 애국

사랑을 잃고 몹쓸 사랑을 보내고 나는 조국을 바라보네. 사랑과 처음 만나던 날 조심스레 이름을 물어본 것처럼 나는 조국에게 새삼 이름을 물어보네. 사랑을 바라보며 나지막이 부르던 노래를 조국을 바라보며 우렁차게 불러 보네. 사랑에게 어울리던 글라디올러스를 조국의 보이지 않는 가슴에 꽂아 주네. 사랑에게 걸어 들어가 여태 나오지 않는 발자국을 조국의 아무도 없는 바닷가에 깃털처럼 놓아 버리네. 사랑과 함께 먹던 음식을 조국에게 떠먹이고 사랑에게 말하던 것을 조국의 귀에 대고 말하네. 정말 사랑한다고. 조국은 사랑보다 거칠고, 키가 크고, 뒷모습이 잘 보이지 않지만 그래도 사랑을 잃은 나는 조국이 있어 기쁘다네. 맘껏 울 수 있어 좋다네. 나는 이제 애인에게서 멀어져야 하지만 조국에게는 가까워질 수 있다네. 애인은 잊히겠지만 조국은 잊히지 않겠지. 잊을 수가 없겠지. 동해물과 백두산이 마르고 닳도록

미치광이풀

말하지 마 함부로

상실이 차갑게 타오르다 보면
그늘로 파고들 수 있지

흘릴 수 없는 그 눅눅함에 갇혀
잊힌 건지 버려진 건지를 골똘히 생각하다 보면

도저히 이해할 수 없는 절규가
자줏빛 꽃을 쑥쑥 밀어 올릴 때면

그러니까 전율은 독

절대, 라는 말을 짐승마저 알아듣게 됐을 때
그리하여 아무도 거들떠보지 않을 때

묻고 싶어

나는 살 수 있게 됐지만
살아가지만

왜 나를 그렇게 불러야만 했는지

무렵의 사람

참 켜켜이 들어앉아 있구나
오묘한 색깔들로 알록달록하구나
곧 부서질 것 같더니
되똥되똥 잘도 버티는구나

그런 겹겹이 피부 속으로 스며들어
하나의 얼굴을 완성하고 또 다른 이름으로 불리겠지만

어둠은 어둠인 채로 아침을 맞고

나는 모르겠다
이즈음의 네가 어느 무렵인지를

네가 넘나드는 것처럼 나도
요지부동 곁으로 들락거릴 테니
그냥 그런 게 우리라 하자

폭염과 폭설은 사실
한데 어우러지는 낱말이라는 것을 문득 깨닫듯이
너와 나는 무렵을 앓고 즐겼으므로

이젠 외면해야 하는 종족

그나저나 너는 지금 어느 무렵이니

어느 날의 내가 네 시간 위에 손을 얹어도
화들짝 놀라지 않을 거니

이젠 전혀 알 수 없는 네 무렵으로
나를 검게 태울 거니

슬픔의 탄환

서서히, 아주 천천히, 빠져나오고 있나 보다
아랫도리의 나사가 풀리면서 녹는가 보다

저 높은 곳의 누군가가
아무도 모르는 슬픔 하나를 장전하고
무자비하게 쏘아 대나 보다
비와 빗줄기로

찬란의 들판에서 놀고 있을 때 후두두둑
여름의 중심을 향해 떨어지더니
저마다의 심장을 뚫고

비는 탄환

숲은 주저앉고
댐은 무릎을 꿇고

천상의 모든 슬픔이 우르르 몰려다니다가
박격포처럼 쏟아질 때
세상은 단지 물렁한 과녁

>
사전 속 범람이라는 말은
어딘가로 계속 떠내려가고

비를 말려야 할 시간은 대체 어디에 있는지
목까지 잠긴 나는 그것만 집요하게 묻고 싶고

과일 유적지

사과, 배, 포도 그리고 다시 사과, 배, 포도로

싱싱한 이름과 동글동글한 모양과
반짝이는 색깔로 고스란히 살아 낼 때까지
과일은 과일인 채로 있었다

햇볕과 바람과 비가
전생의 너울처럼 가끔씩 다녀갔을 뿐

어떤 이념과 목적이 없으므로
과일은 과일로서 충분히 익어 갈 수 있었다

손아귀에 쥐어질 만큼의
가볍고 경쾌한 과일의 역사처럼

사랑을 버림으로써 사과는 빨갛게
이별을 버림으로써 배는 누렇게
욕망을 버림으로써 포도는 알알이 보라였다

공중에서 과즙의 문장이 흘러내릴 무렵은

후회와 반성과 보람으로 얼룩진 계절

과일의 유해가 발굴되면서 다시
과일이 탐스럽게 열리는 과일의 유적지

불도저가 수십 년을 엎어 버려도
뿌리 깊은 과일의 상큼 발랄한 거주지는
사과, 배, 포도라는 과일들로 오래도록 향긋했다

맛보기 힘든 자서전을 엮어 냈다

아침의 내용

물 위에 떠 있는 듯한 아침

눈을 비비면 물기가 묻어나고
귀에서는 찰랑이는 소리

입을 크게 열어 하품을 하면
물보라가 하얗게 터져 나오고

어둠이 긴 꼬리를 늘어뜨리며 도망치는 사이
젖어 늘어지는 밤의 얼룩

꿈속 고양이는 울음을 할퀴고

아무도 다니지 않는 길
　그 위를 떠도는 발자국에 내 발자국을 가만히 대 보는
이 아침은
　수상하다 뭔가 수상하다

지난밤의 나를 뭔가가 밟고 지나간 듯
공중의 물방울들은 맑게 속살대는데

>
모르겠다
영 알아듣지 못하겠다

대체로 흐린 이 아침엔

발병

아주 오래전부터 당신에게 말을 걸고 싶었습니다. 윙크를 하며 당신의 겨드랑이를 간질였습니다. 재채기를 유도하기도 했습니다. 당신의 마음 자락 위에 편지도 날려 보냈습니다. 그러나 당신은 그 편지 속 문장을 꺼내어 시를 쓸 뿐 아무것도 눈치채지 못했습니다.

혼자 술을 마시며 죽도록 외롭다는 당신의 넋두리를 들을 땐 참으로 답답했습니다. 어떻게 하면 당신의 위로가 될 수 있을까, 어떻게 하면 당신의 노래가 돼 줄 수 있을까를 늘 고민했지만 아무 소용이 없었습니다.

당신을 아프게 할 생각은 추호도 없습니다. 당신이 지금보다 더 외로워지는 것도 바라지 않습니다. 그러나 당신에게 당도할 방법은 오직 이 길밖에 없는 것 같습니다.

나로 인해 당신이 당신 스스로를 눕히고 휴식하면서 당신을 앓는 일
몹시 바쁜 당신의 생이 나라는 물에서 한가로이 헤엄치도록 하는 일

>

　그것이 내 안의 당신을 당신에게 되돌려 주는 것입니다.
그러니 몹쓸 나의 이름으로 한 사나흘 조금만 아주 조금만
당신이 앓았으면 합니다. 그리고 당신 안에 스며든 나를 치
유하기 위해 타들어 간 몇 알의 심장을 입 안에 털어 넣었으
면 합니다. 간절한, 아주 간절한 마음으로 그것들을 삼킨
후 곧 다시 일어나기를 쾌유라는 말로 대신합니다.

설정을 바꿔 주세요

나도 모르는 나와 당신도 모르는 당신이 뒤섞여
술을 마시고 노래 부르다가 관계를 뒤엎는 일은
유쾌하면서도 불쾌합니다만
불안하면서도 행복합니다

전혀 흔들릴 것 같지 않은 내가
당신의 어떤 빛에 눈이 멀어 쓸데없이 수다를 떨다가 갑자기,
갑자기 눈물을 보이는 일
그래서 눈앞의 모든 것들을 죄다 흔들리게 하는 것은
동물 같지만 사람답기도 합니다

당신에게서 멀리 아주 멀리 달아나던 코앞의 시간을 잊고
잰걸음으로 달려가 당신에게 밀착하는 것은 도저히
용서할 수 없는 짓임에도 금방 용서가 가능해져
거룩하기까지 합니다

당신은 총 나는 칼
당신은 뱀 나는 나는 새
당신은 삶 나는 죽음 아니 내가 삶 당신은 죽음
당신은 천사 나는 악마 아니 우리 둘 다 허접한 유령

아니아니 당신은 사이비 종교 지도자 나는 찢어진 경전

전원이 켜지면 당신과 나는 회로를 잃고 버릇처럼 고장이
나네요. 깜빡거리다가 꽃을 피우고 비가 오다가 달이 뜨네
요. 맛있게 서로를 뜯어 먹으며 가위바위보를 하다가 심심
해서 같이 죽기도 하네요. 꿰맞출 수 없네요. 뒤틀려 버렸
네요. 알람이 울리지 않네요. 잘못되었네요.

제3부 가 버린 여름의 바깥

시차

　너는 쉽게 끊어지지 않는 지난밤의 꼬리에 휘감겨 늦은 아침을 먹는 중이라고 했다. 나는 피곤한 하루 일과를 버글거리는 양치 거품으로 씻어 내는 중이었다. 네가 동녘의 바알간 귓불을 매만지며 물기 어린 노래를 흥얼거리는 중이라고 했을 때 나는 서녘의 차가운 어둠 속에서 하나둘 별을 헤는 중이었다. 너는 서서히 드러누웠고 나는 벌떡 일어섰다. 너는 불안한 꿈을 찍어 대며 포르릉거리는 작은 새, 나는 낮게 엎드려 늪지대를 지나가는 물뱀. 그런 너와 나 사이를 행성들은 아슬아슬하게 떠돌며 어떤 이름으로든 불러 주기만을 간절히 바랐다. 그러나 그 간절함은 이루어지지 않았다. 너는 다시 오늘을 살고 나는 다시 어제 속에서 죽었다. 그러므로 우리는 서로를 더욱 그리워할 수밖에 없었다. 누가 고대에 살고 누가 현대에 사는지, 누가 빛이고 누가 어둠인지는 중요하지 않았다. 거듭되는 엇박자로 인해 너와 나 사이엔 삐걱대는 소리가 나기 시작했다. 그럼에도 불구하고 나는 네가 벗어 둔 어제를 껴입으며 살았고 너는 거친 덤불 속 나의 오늘을 용감무쌍하게 헤쳐 나갔다.

나무 속으로 들어갔다

어떤 눈빛도 눈빛을 넘지 못할 때
어떤 포옹도 포옹으로 스며들지 못할 때
오래도록 두리번거렸다

사람 건너 강물과
사람 건너 숲과
사람 건너 새
그리고 공중을

너무 깊고 멀어서
무엇에게도 손을 내밀 수 없었다
뛰어넘을 수 없었다

사람을 벗은 자리에서
잎사귀 총총 빛나는 나무를 만났다

물끄러미 바라보다가
두근두근 걸어 들어갔다

말을 건네지는 않았지만

무성해서 좋았다

자세를 바꿔 가며
낯설고 낯익은 이야기로 서로를 엮었다

뒤에 오거나 아예 오지 않을 시간에 대해
소곤거리며

나무로 자라 버린 나무와
사람으로 살아 버린 나는
숲이 떠난 자리에서
나무의 일가를 이루었다

몸속 프로펠러

말을 걸어 볼 새 없이
눈을 돌려 바라볼 새 없이

후려치고 돌아서 버린 것
자르고 태워 버린 것

유연한 물의 목소리로
젖은 후일담이나 흘려보내겠다는 듯
흑흑한 땅만 흔들고 돌아서는 저 위력

잠시 잠깐 아닌 게 없더라
혼절을 털고 앉아 생각해 보면

어느 날 밤 느닷없이
길의 균열에 걸려 내동댕이쳐진 것처럼
소리 소문 없이 들이닥친 힐문에 생이 꺾인 것처럼

소낙소낙 소나기의 모습으로
따갑고 쓰라리게 문신을 새기고 사라졌지만

\>

몸속 어딘가에서

여전히 맹렬하게 돌아가는

날 선 프로펠러

문지르다

이별 속으로 숨어 버린 사람을 문질렀더니 돌아왔다. 희고 탱탱한 얼굴로 미끄러지듯 거짓말을 하듯 걸어 나갔던 3번 출구로 다시

죽은 나무의 뽑힌 영혼을 문질렀더니 새콤달콤한 잎들이 혀를 내둘렀다. 기막히네. 대체 어떻게 알았지? 갸웃거리는 표정들로 수선거렸다.

찰랑, 시냇물을 문질렀다. 물고기를 밟고 찰방찰방 이끼 긴 돌들과 걸핏하면 빠져 죽던 구름과 서슬 퍼런 시간이 물줄기를 털며 세차게 솟구쳤다. 물속에 가라앉아 울던 수초도 눈물을 멈췄다.

허공을 문질렀다. 옅은 통증에 눈 감는 것들. 아하, 밤은 그렇게 오는 거구나. 어둠은 제가 밤이라는 걸 처음 안 듯 휘청거리며 가시 같은 빛을 얼른 뱉어 냈다. 그 순간, 별들이 일제히 빛났다.

서로가 서로를 문질러 대는 꽃밭
그곳을 들여다보던 나는 말할 수 없는 향을 뒤집어쓰고

나비가 되었다. 공중의 한가운데를 날개로 문질렀다. 한바탕 비를 쏟고야 말겠다는 듯 회색 구름이 웅성거렸다.

그러나 나는 몰랐다. 여전히 알지 못했다. 아주 천천히 그리고 조용히 문질러야 하는 그 무엇에 대해. 그러므로 멈추지 않고 서두르지도 않고 끝까지 알 수 없는 것들을 계속 문질러 댔다.

사랑은 더 이상 나를 흘리지 않는다

태양은 나를 빛나지 않는다

나무는 나를 자라지 않고
새는 나를 날지 않고
바람은 나를 불지 않으며
공중은 나를 비우지 않는다

강물은 나를 흐르지 않고
꽃들은 나를 피우지 않는다

돌은 나를 뭉치지 않고
기차는 나를 떠나지 않고
비는 나를 내리지 않는다
눈은 나를 하얗게 날리지 않는다

책 속의 글자는 나를 읽지 않고
노래는 나를 노래하지 않는다

아주 작은 질투도 나를
무덤덤한 시간조차도 나를

\>
등 돌리면 흘러내리는 얼굴들

사랑은 실수로라도
나를 더 이상 흘리지 않는다

처서

뜨거운 울음으로 꽉 채워진 여름

태양은 이글이글 게워 내고 장마는 줄줄 비로 쏟고
매미는 통곡으로 뱉어 내지만
나는 그러질 못했다

또 한 번의 여름은 더욱 빽빽했으나
나는 역시 울지 못했다
울음이 가라앉은 저녁의 가슴만 쓸어내릴 뿐

여름 비늘이 걸쳐진 물 위에서
아슬아슬하게 우는 소금쟁이처럼 나는
그렇게라도 울고 싶었다

그러나,
여름 내내 나는 울지 못하고 땀만 무진장 흘렸다
젖은 것들의 내력에 대해서도 알고 싶지 않았다

선선한 기척에 놀란 내가 휘적거릴 때
몇몇 흐느낌은 맑게 가을 위로 떨어지고

>
책을 들고 찾아온 바람이
페이지 곳곳을 들추며 익어 가는 냄새를 흘릴 때

가 버린 여름의 바깥에서 나는
마른 피부를 긁어 대며 앓기 시작했다

얼굴

눈과 코와 입으로 이루어진 지층
그 각각의 이목구비가 뿌리를 내려 두꺼워진 곳에
사람은 기막힌 개인사를 흘려 쓴다

제자리에서 둘레둘레 주위만 살피는 민낯이 있는가 하면
성질 급한 이는 가면을 훔쳐 쓴 채 뛰고
세상과 자주 마주치는 이는 얼굴을 갈아 끼우며
울긋불긋 흔들리곤 한다

두꺼운 편이세요 얇은 편이세요
글쎄요, 거울을 봐도 잘 모르겠네요.
좌우로 듣는 편이라

바람이 휘리릭 얼굴을 벗겨 내자
모래가 쏟아지고 자갈이 구르고
흙이 와르르르 먼지를 일으키며 무너져 내린다

참 대단하고도 놀라운 사람

모래와 자갈과 흙을 골고루 섞어

다시 빚을 수 있다면

열렸다 닫혔다를 반복하며 덜컹거리던 사람이
흘러내리는 얼굴을 두 손으로 감싼다

검붉은 기억 바깥으로
온갖 맹수들의 시체가 미끄러져 나온다

사람이라는 물기가 전혀 남아 있지 않을 즈음
얼굴에 물을 묻히고 비누칠을 하면
거품 속으로 천천히 사라지는 그림자가 있다

두부와 부두

그러리라 생각지 않았지
자글자글 된장을 끓여 송송 대파와 함께
한소끔 웃음으로나 졸아들려 했지

두부가 두부인지 모르게 흰 눈을 꺼내 뭉치거나
즐거움에 겨워 아득해지거나
맑고 밝은 새소리를 심어 넣으려 했지

냉장고에서 꺼낸 두부를 도마 위에 놓고
흔들리거나 넘치지 않게 어루만지며
으깨지지 않을 만큼 쏟아붓는 뜨거운 윙크

어디서 왔니, 넌
하얗게 새 나오는 질문으로 다정을 기대했지
영원의 작은 깃털에 입을 맞추었지

어디서부터 잘못된 건지 모르겠어
흔들림을 붙들거나 행방만 지루하게 묻는
부두가 돼 버린 건

\>

으깨진 두부에게서 새 나오는
저녁 무렵 부두의 불빛
비린내를 풍기며 우는 이별의 굽은 등

두부라는 부두
부두라는 두부

순간의 사람

몹시 우울한 날에는 마음의 혀가 제멋대로 돌아가
어디로 가야 하나요, 라는 질문은 눅눅해져
출구는 어디인가요, 라는 말로 내뱉게 된다

그러면 길을 가던 낯선 그는
낯익은 목소리로

곧장 가세요. 저기 저 앞에 작은 건물이 보이죠?
저기서 오른쪽으로 방향을 트시면
출구라는 빨간 표지판이 있을 겁니다, 라며
다시 제 갈 길을 간다.

아, 무심코 스며든 온기에 나는 멈춰 선 채
머리카락을 쓸어 올리며 눈동자를 반짝인다

그냥 그렇게 가 버려도 좋은 사람

우리는 몰라요 몰라
성과 이름, 어디에 사는지조차

\>

그럼에도 불구하고 그의 무늬는
부식된 내 몸에 도배를 하고

나는 그 사람과 팔짱을 끼며 걷는 환영에
걷잡을 수 없이 즐거워진다

나는 아직 돌아오질 않았네

이젠 돌려 달라고 해야 하나
아니면 그만 돌아가겠다고 해야 하나

나는 아직 내게 돌아오지 않았네

빛은 빛에게 그늘은 그늘에게 시간은 시간에게 돌아가
다시 빛나고 푸르고 소란스럽게 째깍이는데
나는 차마 묻지 못하겠네

왜 내가 돌아오지 않는지
왜 돌아갈 수 없는지

가끔의 너는 나를 구름 속 깊숙이 묻어 놓았다가
어느 날 문득
맑게 씻긴 말들을 건네며 나를 꺼내네

그동안 아무 일도 없었다는 듯

나는 오래된 카페의 창가에 앉아 나를 기다리네
커피를 마시며 책을 보거나

음악도 없이 고개를 까닥이며
기다려도 오지 않는 나를 기다리네

초인종만 울리고
너라는 모퉁이에 잽싸게 숨어 버리는 나를

짖는 소리

특히 눈 온 뒤의 밤

오죽하겠니, 너는

말할 수 없는 세상의 적요를 물어뜯고 짖어 댈 때
사람들은 이불 속 꿈의 문지방이나 넘나들며 뒤척이고

공허랄까 허공이랄까

날카로운 이빨에 물려
꼼짝없이 생채기를 드러내고야 마는
겨울의 차가운 심장은 또 어떻고

아아, 또다시 내리는 눈 속에서
너는 짖는다 너를

눈 오는 겨울밤을 하얗게 펄펄
혀를 쑤욱 뽑아 버린 채

타인의 것

그가 도장을 찍는다. 나는 사인을 한다. 가볍고 밋밋한 종이 서너 장에 이백 평 남짓의 땅이 널브러져 있다. 그 땅 위를 넘나들던 태양과 비와 구름과 그곳에서 자라던 이름 모를 작은 나무 몇몇과 그 나뭇가지 사이를 좋아라 날아다니던 새들과 발자국 없이 막무가내 기어오르던 온갖 벌레와 주변의 잡초들이 생애 처음으로 저녁을 맞는다. 내게 본적을 두고 뿌리내리던 모든 것들이 선택의 여지 없이 다른 이에게 팔려 간다. 사람과 사람 높이만큼 오르내리던 말과 삐뚤거리는 글씨와 먹구름으로 도장을 찍고 달빛 사인하는 것으로 타인의 것이 된다. 신의 옆구리를 훔쳐 내 것이라 명명해 왔던 것들이 바퀴 없이 타인에게 천천히 굴러간다. 입과 눈과 귀가 틀어막힌 채 은빛 거미줄마저 고스란히

    아무도 모르게 그려 넣었던 오로라는
    절대 매매할 수 없는 나만의 것

    흘리지 않게 집으로 가져와 장롱 속에 감춘다

침대의 꿈

바라보고 있어도

영혼이 졸지 않을 것. 몸이 눕고 싶어 하지 않을 것.

잠의 자포자기 세계로 빨려 들지 말 것. 꿈이란

절대 절여지지 않는 것이므로 자신도 모르는 사이

쉽게 감염되지 말 것.

변변찮은 잠꼬대는 아예 입술 밖으로 흐르지 못하게 할 것.

젖은 몸과 두꺼운 책과 한낮의 냉기를 스탠드 밑으로 들이밀고

뒤척거리지 말 것. 이불 아닌 검불을 덮고

포근하다거나 푹신하다고 들썩거리지 말 것.

에덴의 동산을 벌거벗고 오르려 하지 말 것.

피곤을 끌어당겨 주절주절 늘어놓지 말 것.

물 한 방울 튀지 않는 몸 장난은 치지 말 것.

모든 감정의 아수라장으로 만들지 말 것.

너는 누구니, 라고 물었을 때 나는 침대야, 라고 대답할 수 있도록

못 박은 주둥이를 틀어막지 말고 삐걱대며 위협하지 말고

단 한 번만이라도 외출을 허락할 것.

잠과 꿈과 피로로부터 자유롭게 벗어날 것.

아무것도 낳지 않고 낳을 수 없던 시절로 돌아가

숲과 사막과 강과 바람을 뭉텅이로 되돌릴 것.

사람의 날개가 되어 공중으로 날아오를 때까지 천사가
될 때까지

눕지 말고 잠들지 말 것.

삶의 비늘을 떨어뜨리지 말 것.

짐승의 길

발바닥으로부터 머리끝까지라 할까
아니면 정수리로부터 발뒤꿈치라 할까

그건 어디까지나 나의 몫이겠지만

어제의 길은 등뼈로부터 꼬리뼈까지라 하고
오늘은 젖무덤으로부터 가랑이가 벌어지기 전의
골반까지라 하자

권태가 예상되는 내일은
꺼진 눈 밑으로부터 코와 입술을 지나
수염이 자라지 않는 턱까지라 하고

어둡게 불타던 몸의 길
위선이 우거지고 교태가 도드라지던
뾰족한 꽃들의 경계

더 멀리 깊숙이 갔어야 했을까?
그렇다면 내 생은 만화방창이었을까?

\>

오독의 이끼만 무성한 허파 아래 암팡진 기슭

숨어 우는 몇몇 밤을 위해 오늘은
나의 손길로 나를 천천히
뒤적거려야 겠다

마음의 흔적이라고는 전혀 없고
무른 살점으로 욕망만 뒤룩뒤룩한
구석구석의 몸뚱이를

유령과의 연애

키가 크니 작니
뚱뚱하니 말랐니
눈과 귀는 두 개니 아니니
코는 뾰족하니 납작하니
입술은 앵두니 아니니

구차하여라

우리 사이엔 그런 거 없어요
보이지 않는 것을 보고
만져지지 않는 것을 만지니까요

각인이라는 말이 있지요
절대 지울 수 없는
지워지지도 않는

살았거나 죽었거나
그런 건 중요하지도 필요하지도 않아요

홀연히 사라져도 괜찮아요

홀연히 나타날 테니까요

벽에 매달린 시계로 뻐꾹거리거나
시든 꽃의 먼지를 털고 나오거나
한밤중 어둠의 그림자라 해도 상관없어요

너머 너머 소름 끼치는 아득함으로
사람을 벗어 버린 사람끼리의 사귐인걸요

제4부 하염없이 하릴없이

홍고린 엘스
—노래하는 모래언덕

살지 마라 살지 마라
살지 말아야 한다
살지 않아야 한다

사는 건 죽는 것

물 한 방울 없는 그게 죽음으로 불릴지라도
그래야 한다
그게 사는 거다

호사스럽다
절규나 비명

이곳은 죽어서 산 자들의
거룩한 영토

산산한 모래들이 저희끼리 사막사막
거친 노래를 미끄러지듯 낳는 곳

쉬잇!

문장의 출몰

문장은,

티브이 화면의 밋밋한 풍경 속에서 고래처럼 솟고
슬픔이 흘러간 자국 따라 그대로 드러눕다가
빠끔 눈 뜨기도 하고

말소리와 말소리가 여울지는 어깨 너머
얄궂은 무늬로 달라붙기도 하고

어둠을 감았다 뜨는 순간 파고드는 빛처럼
맹렬히 펼쳐지기도 하고

벼락 맞아 산산이 터진 나무의 속살에서
파릇 움트고

변기에 앉아 지독한 변비에 몰입하는 순간
냄새나는 허망함 위로 쓰윽
코웃음 치며 지나가고

뜰채에 갇혀 비릿함을 풍기는 활어처럼

싱싱하고 탱탱하게 화들짝
살아난다

굴욕의 맛

아무도 몰라

아무도 모르게 하고 싶지만
들통나도 견뎌야지

더 이상 번식하지 않도록
무진장의 힘으로 껴안을 테니까

힐끗, 매서운 눈초리와 내리까는 시선과
날아다니는 비웃음과 콧방귀 코웃음 아래의 참혹

자존심이라는 가시에 줄줄 걸리고 마는 속울음 따위

까짓것 낮아지라지
바닥 바닥 납작해지다가
빗물과 함께 땅 아래로 스며들다가

어둠의 맹지에 한 톨 씨앗으로
처박히면 그만이지

\>

마음의 피는 꿀꺽 삼키고
몸의 흙은 툭툭 털어 내면 되지

짓밟히고, 미끄러지고, 와장창 깨져야만 느낄 수 있는
굴욕의 만찬

괜찮아
양념이라곤 전혀 없는
질겨 빠진 습자지의 맛

면접

설마 사람이 사람을?

더도 말고
먹이를 눈앞에 둔 채 밀고 당기는 눈빛으로 우리가 얼마나 본능에 가까워질 수 있는지를 보자고. 배우거나 익혀서 얻어진 거와 자르거나 다듬어서 빳빳해진 거 말고 바르고 칠해서 번쩍거리는 윤기 말고

치켜뜬 눈과 내리깐 눈 사이로 새나 태양을 찾아내기란
어렵고 힘들고 더러운 일이지만

차라리 된장찌개를 끓여 깍두기와 밥을 먹는 저녁에 대해 이야기하자. 아니면 어제 마신 술로 가스가 꽉 차 오늘 계속 뿡뿡거리지 않는지와 곁들인 트림 맛에 대해

나에 관한 질문은 네게로 가는 부메랑

차라리 직선 위에 누워 외로운 교감을 주고받거나
서로의 죽음을 미리 꺼내 추모의 시간을 갖는 건 어떨까?

>
거기서 거기까지인 인간을
제발 매달거나 저울질하지 말고

얼굴 속 얼굴에 묻힌
슬픔 한 점 치지직
숯불에 구워 먹는 건 어떨까?

훔쳐 읽는 타인

돈을 주고 샀어
당신의 몸과 당신의 망상과 당신의 당신을

곁에 두고 아껴 가며 들추려 했지

당신의 펄떡거리는 심장을 붙들고
오래오래 살고 싶었지

당신이 실수로 흘린 무늬 곁에 나를 몰래 뉘어
당신인 척 나를 들이밀었지
처음부터 질근질근

수많은 문장에 피로 물든 방점을 찍으며
나는 나를 완성해 갔지
당신을 당신으로부터 슬며시 밀어내면서

그제야 겨우 보이던 당신의 창백한 안색

그러나 끝내 마주할 수 없던
내 것도 당신 것도 아닌 것

\>

생각해 보니 바로 그걸 읽은 것 같아
아무것도 아닌 걸 가장 감명 깊게

훗날 말해 줄게
내가 얼마나 당신을 훔쳐 가며 나를 완성했는지
잠 못 이루며 당신의 머리카락을 올올이 세곤 했는지

언젠가 내게서 당신을 찾아가도 좋아
어차피 내게는 쓰다 만 독후감이 있으니까

샤랄라 샤워

아무 곳 아무 때나 주체할 수 없이 뛰던
망나니 심장을 씻는다

흘러가지 말아야 할 곳을 다녀온 피와
들이켜지 말아야 할 기운을 빨아들인 폐와
감추지 못하는 오지랖으로 뻔질나게 드나들던 늑골 밑
발자국과
굴욕의 과거가 부끄러운 줄 모르고 스며든 간 그리고 쓸개
삼킨 울분이 울울거리는 위까지도

샤랄라 노래 부르며
보디 샴푸의 거품이 버글대다가
수치 한 점 깃들지 않은 몸속 골짜기를 기웃거릴 때

하염없이 하릴없이

짐승과 사람을 번갈아 가며 새빨갛게 발칙해진 나를
부드럽게 녹여 내린다

다시, 제대로, 더러워지기를

다각형 한 방울

셋 이상의 선분으로 이루어진
다각형

삼각형이었다가 사각형이었다가
오각형 육각형으로 변형될 수 있는

딸이었다가 애인이었다가
아내, 엄마, 며느리 혹은 이모나 고모
저 바깥 이름들 뒤에 붙는 기타 존칭어처럼

나는 나이지만 타인이기도 하여
내가 내게서 멀어지거나 지우고 버려도
끝끝내 나를 줍는 사람들

죽었다가도 재생을 일삼는
점이나 선의 탄력적인 도형

타인의 기억 속에 떨구어진
잉크 한 방울

조금 전에 뭔가가

조금 전에, 바로 조금 전에 말이죠
뭔가가 밀밀하게 아주 밀밀하게
다가왔었는데 말이죠

웃으며 손을 잡고 볼을 비비고
가벼운 입맞춤까지 하며
서로를 안았는데 말이죠

햇빛 좋다, 바람도 차암 좋네
그러면서 흐뭇해했는데 말이죠

마냥 즐거웠던 나는
붕 뜬 심정을 어디다 둘지 몰라 괜히
들썩이는 머리카락을 만지작거리며
두리번거렸는데 말이죠

왜 그러니, 너 왜 그러니 하며
또 다른 뭔가가 다그치는데 말이죠

아무 말도 못한 채 서 있던 나는

좀 전에, 바로 조금 전에 다녀간 그 무언가에 대해
곰곰 생각하고 또 생각하는데 말이죠

묻으려고만 하는 손가락들
그것들의 긴 손톱 끝에
마음의 한때가 긁히고 찢기는 사이

기다리던 지하철을 눈앞에서 그만,

딱 한 번 들어갈 수 있는 집

태어나
딱 한 번 들어갈 수 있는 그 집 앞에 서면
누구나 무릎을 꿇지

다가올 시간보다는 묻혀 버린 시간을 떠올리고
웃음보다는 울음의 물보라를 게워 내면서
간절한 그리움 앞에 술을 따르지

문 앞에 놓인 사과가 빨갛게 웃으면
그 옆 가지런히 놓인 배는
울울한 내색을 참느라 더욱 누레지고

언젠가는 누구나 딱 한 번 그 집에 들어가
꿈이 꿔지지 않는 길고 오랜 잠에 빠져들겠지만
서두를 필요는 없는 거지

술 한잔과 함께 북어를 찢어 먹던 사람도
어느 날 갑자기 그 집 속으로 들어가 홀연히
사라질지 몰라

\>

무시무시한 적막이 그 집을 갉아 먹고
고요의 뼈마저 녹여 버렸을 때

팽창한 어둠으로 완성된
그 집의 등에 업혀

또 누군가의 꿇은 무릎을 내려다보며

러시안룰렛 게이머

어제와 그제, 그끄저께와 그 앞 나흘 전이나
닷새 엿새 아니 뛰어넘어 열흘과 한 달 두 달 전
그리고 일 년 이 년 전
그 앞의 명명할 수 없는 날들
불러낼 수 없는 너덜너덜하고도 암울한 기억의

어디 지울 수 있으면 지워 봐
탕! 탕! 탕!
아니, 짧고 굵게 한 방만 탕!

어둠 속에서 별처럼 앓거나
동그라미를 목에 걸치고 고개를 흔드는
인간에 대한 어제의 몹쓸 내용들

이건 그날 그 시간 그 사건이 우연과 필연으로 장전된
회전식 연발 권총이야
깨끗이 한 방에 날려 줄게

살과 심장을 도려내는 짐승아
그래, 그처럼 치기의 눈알로

날 계속 노려봐

죽어도 여한이 없는 확률은
6분의 1

썩어 문드러진 어제의 관자놀이에 손가락을 얹고
천천히 아주 천천히 당겨 줄게
한 치의 실수 없이

형체 없는 어느 날이 하얀 피를 흘리며 쓰러지더라도
알지? 이건 어디까지나 러시안룰렛이니까
죽는 게 당연한

그러므로 제발 죽어 줘

게임 아웃이라는 무덤은 책임져 줄게
몹쓸 그 기억의 시체가 절대 환생할 수 없게
어둠 속에서 캄캄 캄캄히

전신 가려움증

누군가 나를 조금씩 잃는가 보다
평생 품고 살겠노라며 이별에 길게 키스하던 그 누군가가
이제야 나를 슬며시 놓아 버리나 보다
붉음이 사라진 추억을 손가락 사이로 질질 흘리는가 보다

누군가 서서히 나를 잊는가 보다
안개 속 전신주의 늘어진 전깃줄이었다가
시들어 가는 한 그루 나무였다가
비 오는 날의 지붕이었다가
흐물흐물 유령이었다가 버려진 꽃다발이었다가, 를 반
복하면서
조금씩 조금씩 나를 잊는 중인가 보다

누군가 나를 애써 지우는가 보다
마른 기억을 문질러 애증의 꽃을 피우면서
나를 끝끝내 지우려는가 보다
부끄럽지 않도록 깔끔하게

그리하여 늘 저기 저곳으로 떠돌기만 하던 내가
이제 곧 돌아오려나 보다

신발을 턴 후 나를 열고 들어와
울며 안기려나 보다

잃고, 잊고, 지우는 누군가에게로부터 돌아와
홀로 조용히 타오르려나 보다

드디어 나를 완성하려나 보다

쓸모 있는 관계

이름은 알고 얼굴은 주춤거리는

흐릿하거나 선명해지더라도
어제나 내일처럼 흘려보내면서
안부도 묻지 않는

지우거나 잊어버려도 서운하지 않아요
기억이란 약간 기울어진 어깨
곧 깨지고 마는 유리잔이니까요

퍼낼수록 스며들고 촉촉해지는 관계

차오르는 것은
하지 못하는 말처럼 맑게 반짝거리고
이름만 들어도 쿵쾅거려 죽을 거 같아요

그냥 그뿐이에요

너무 멀거나 가까워서 절대 가질 수 없는
둥글고 뾰족하여 가지고 싶지 않은

무참히 버려져도 그만인

불편하지 않아서 꽤나 쓸모 있는

위대한 욕

산책하고 돌아오는 길
아이들이라곤 전혀 없는 놀이터를 둘러보다가

'죽일 년'

미끄럼틀 위 플라스틱 조형물에 달라붙어 풀썩대는
날것의 낙서를 본다
쌍욕을 본다

난데없이 날아든 돌멩이에
유리창이 산산조각 나듯

'죽일 년'

바닥에 꿇고 앉아 싹싹 빌고 싶어진다
어제의 실수와 회한과 경망과 양심
내일을 눈치 보는 죄마저 미리 고백하고 싶어진다

찢어진 눈매와 덧니 가득한 입의 표정으로
그네의 흔들림과 놀이터의 소음을 집어삼키지만

얼굴이 없는

'죽일 년'

무지막지한 생은 벌벌 떨다
사지가 잘린 채 떠돌고

놀이터 난장을 보다 못해 내뱉은 누군가의 '죽일 년'은
가래침처럼 끈적끈적하게
세상 모퉁이에 쫘악 달라붙어 있다

거짓말 같은 우리의 한 시절

한 여자와 탯줄로 이어진 아기가
울음으로 냅다 달리다 아이가 되고

그 아이가 뛰어놀던 초원이 뒤집혀 하늘과 맞닿을 즈음
한 청년이 등을 보이며 빠르게 걷다가
비행기가 되어 날아가고

그 청년이 세상과 사랑에 빠지거나
언약으로 심장이 고동칠 때
곳곳에선 키스 소리와 달큰한 향기가 만발하고

그가 어머니나 아버지를 들먹거리며
어머니나 아버지를 닮아 갈 때

사람들은 농익었다 혹은 사람됐다
툭툭 빈말을 던지고

그의 어머니 아버지가 비명과 신음으로
벼랑 위 무덤을 깎을 때
그는 옛 시간에 첨벙 몸 씻으며 깊어져 가고

멀어진 잎사귀처럼 붉어졌다 노래지고

비와 바람과 햇볕뿐인 곳에서
유령으로 신령으로 으히히히 거리다가

홀연히 미끄러지듯 빠져나가더라
보이지 않게
그 역시

확확 절벽

요즈음
갑자기, 라는 말이 자주 드나든다

꽃 속에서 노래를 부르고 있는데 불길이 솟고
기뻐 날뛰는 발뒤꿈치에
슬픔에 젖은 신발이 구겨져 있다

원치 않고 생각지 않았으나
깎아지른 순간들이 다가온다, 확확

뛰어내린 곳에서 천둥을 듣고
찌그러진 눈으로 물고기를 건지더라도

오래오래 길게 흐르자 한다
폭포로 터져 죽자 한다

자주 혹은 간혹 나타나
히히거리는 절벽들

나는 그때마다

움찔거리며 오그라든다

키가 매우 작아진다

보이지 않는 시력으로 많은 걸 본다

해 설

세계의 윤곽을 문지르는 나비 날개
—형태의 한 연구, 이향란의 시 세계

이병철(시인, 문학평론가)

> 박쥐의 눈이 낮의 섬광을 의식하지 못하는 것처럼,
> 우리 영혼의 이성은 세상에서 가장 명확한 것을
> 의식하지 못한다.
> —아리스토텔레스, 「형이상학」

物상物象은 끊임없이 움직이면서 변화하는 것이기에 시적 이미지는 사진이 아니라 동작이며 찰나적 순간들의 연속이어야 한다. 우리가 사물의 형태를 언어로 본뜨는 순간 그것은 이미 박제화된 사진이자 종료된 사건이 되어 버린다. 빛에 따라 시시각각 모습을 달리하는 풍경들, 빛이 만들어 내는 다채로운 물상을 시로 이미지화하기 위해 시인은 판단하고 확정하는 자가 아니라 유보하고, 조심스레 예언하는 자가 되어야만 한다. 시는 세계의 과거형이 아니라 미래형이며, '된 것'이 아니라 '될 것'을 보여 주는 까닭이다. 시는 대상의 전모를 한 번에 드러내지 않는 은유를 통해 아름다움을 획득한다. 은유는 아직 오지 않은 것, 나중에 오는 것이다.

다시, 사물은 움직인다. 눈에 띄지 않을 뿐 사물의 형태는 계속해서 변화한다. 어린아이가 어른으로 자라나고, 늙을수록 피부를 상실하며 뼈에 가까워지듯, 모든 사물은 처음 형태로부터 아득히 멀리 떠나온 마지막 형태를 갖는다. 그 최후의 형태를 우리는 소멸이라고 부른다. 먹고 마시고 말하던 생생한 육체에서 한 줌 흙이 되는 인간은 섬광을 모르는 박쥐처럼, 사물의 형태가 변한다는 가장 명확한 사실을 알지 못한다. 그래서 형태에 집착한다. 형태가 곧 권능이라는 듯이, 바벨탑을 쌓아 하늘로 오르던 옛 사람들과 같이, 쌓고 짓고 세우고 만든다. 욕망을 형틀에 넣어 거상巨像으로 주조해 낸다. 그리고 그것을 신봉하고 추종한다. 형태는 현상세계의 종교다. 형태는 신이다. 헛되고 헛되고 헛되도다.

박상륭이 빚어낸 문학적 영원이 『죽음의 한 연구』라면, 이향란의 이번 시집을 '형태의 한 연구'라 부르고 싶다. 이향란은 육안으로 파악되는 사물의 형태, 존재의 형태를 집요하게 탐구한다. 그녀의 시에서 사물들은 과거형과 현재형, 미래형으로 다채롭게 나타나는데, 이는 물상이 움직이며 변화한다는 사실을 시인이 잘 알고 있는 까닭이다. 이향란은 사물의 고정된 형태를 변화 가능한 유동적 형태로 바꾸거나 형태를 갖지 못한 것들에 형태를 부여한다. 또 어떤 견고한 것의 형태를 해체시켜 무형으로 만들기도 한다. 이렇게 시인의 '형태의 한 연구'가 결국 '형태의 한 재편'임이 분명해질 때, 우리는 이향란이 물상으로 이루어진 현상세계, 즉 의미와 상징이 질서를 이룬 상징계를 의심하고 부정하는 시인임을 눈치채게 된다.

플라톤은 침대를 가리켜 "이 침대는 진짜 침대가 아니다. 진짜 침대는 이데아에 있다"고 말했다. '이 침대'는 상징계의 불완전한 기호일 뿐 '진짜 침대'는 언어로써 결코 닿을 수 없는 실재계에 있다는 플라톤처럼, 이향란 역시 이 세계의 모든 '침대'들을 불완전한 것으로 인식한다. 아니, 침대를 '침대'라고 지시하는 언어의 불가능성을 체감한다. 상징계에 속한 우리는 옥타비오 파스를 빌리지 않더라도 사물들이 곧 언어라는 사실을 알고 있다. 즉 형태는 언어다. 그러므로 형태는 곧 의미와 관념이다. 이번 시집에서 이향란은 언어로 이미 표현된 '형태'들을 해체해 형태에 갇힌 사물의 본질을 자유롭게 풀어 주려 하고, 또 언어로 표현할 수 없는 것들에 형태를 입혀 누구도 열어 보지 못한 실재계의 내부를 재현코자 한다. 이 불가능을 향한 주이상스적 시도가 이향란의 시를 견인하는 힘이다.

갈 데까지 갔다, 라는 말을 좀
빌려도 되겠습니까
닳고 닳아서라든가 끝까지 가서 더 이상은, 이라는 문장을
꺼내 써도 되겠습니까

피골이 상접했다, 라고 쓴 만장이

공중에서 개별 문장으로 흩날리는 겨울

매섭게 추운 그 문장 아래 꼿꼿이 서 있다가
한순간 성냥을 화악, 그어 버리고
멀리 아주 멀리 달아나도 되겠습니까

찢기고, 찔리고, 터지고, 썩어 버린
살의 투실투실한 후일담에 대해서는 정말
말하고 싶지 않습니다

겁 없이 살집이 오르던 그 시절은 야위고
뼈아픈 후회만 남았다는 말을
툭툭 분지릅니다

한 삽 두 삽 던지는 흙 속에서
뼈가 솟구칩니다

다행히 부드러운 흙의 일가라도 이룬다면
얼마나 좋겠습니까
— 「뼈를 위한 레퀴엠」 전문

형상들, 즉 언어로 이루어진 이 세계에 대한 이향란의 의
심과 부정은 이번 시집 곳곳에서 날카롭게 번뜩인다. 시인
은 첫 번째 시에서부터 "빙벽 속은/ 보거나 듣거나 만질 수

없는 것들의 거처"임을 노래하면서 그 안의 "단단한 고독"
(「빙벽 봉함」)을 독자에게 꺼내 보인다. 이는 고정된 형태를 지
닌 '고체'에 대한 형이상학적 탐구라 할 수 있다. 아리스토
텔레스에 따르면 모든 사물은 형상과 질료로 이루어져 있는
데, '빙벽'의 형상은 보거나 듣거나 만질 수 없이 굳어 버린
'얼음'이고, 그 내부의 질료는 '고독'이라고 시인은 말한다.
이때 얼음이 물의 변화된 형태라는 데 주목할 필요가 있다.
본래 물은 공간을 영속적으로 차지하거나 하나의 고정된 형
태를 갖지 않는다. 물은 늘 같은 모습인 것 같아도 쉼 없이
형태를 바꾼다. 지그문트 바우만이 "액체는 공간을 붙들거
나 시간을 묶어 두지 않는다"고 말한 것을 상기해 보면 액체
와 반대되는 고체의 성질을 유추할 수 있다.

　고체는 공간을 차지하면서 시간마저 결박시킨다. 이집트
피라미드나 인도의 타지마할을 떠올려 보라. 고체는 무겁
고, 부피가 크며, 뿌리가 박힌 고착의 상태다. 고체는 일정
한 형태를 오래 유지한 채 변화를 거부한다. 하루가 다르게
새로워지는 세계에 적응하지 못하고, 타자와 동화되거나
합일될 수도 없다. 그래서 고독하다. 고체화된 언어는 관
념적이고, 상투적이며, 경직된 '이즘ism'이 되기 마련이다.
유연하게 형태를 바꾸는 액체와 달리 고체는 "찢기고, 찔리
고, 터지고, 썩어 버린"다. "겁 없이 살집이 오르"는 부피
의 팽창, 확장으로 공간을 점유하며 영속할 것 같지만 끝내
"닳고 닳아" "부드러운 흙의 일가"로 스러진다. '뼈'는 육체
의 최종 단계이자 형태를 잃은 형태, 덧없는 소멸의 기호이

다. 시인이 뼈를 위한 진혼곡을 부르는 것은 뼈에 대한 연민이자 이 세계의 모든 고정된 형태들에 대한 애도인 셈이다. "시인이 스타일을 획득하면 문학적 인공물을 세우는 자가 된다"던 옥타비오 파스의 경고처럼, 이향란은 언어와 사유의 고체화를 경계한다. 특정한 형태로 시대를 장악하는 경향과 유행을 거부한다. 그녀는 우리에게 형태의 한 최종 단계인 '뼈'의 고독한 슬픔을 보여 줌으로써 형태를 신봉하는 집단 축제에 사이렌을 울린다.

햇빛 아래 싱글싱글 맺히는 과일의 본명은 포도이고요
촛불 앞에서 머뭇머뭇, 그러나
군침 도는 고백의 가명은 와인이에요.

드디어 완성됐나요? 그럼 깨지지 않게 조심해서
어둡고 서늘한 침대에 뉘어 주세요.
껍질 속 바람과 햇빛이 마음껏 뒤척일 수 있도록
약간 기울여서요.

왼쪽으로 석 달 오른쪽으로 석 달
탱글탱글 꿈의 석 달 정신없이 와 닿을 입술의 석 달

빨간 오토바이를 타고 먼지 날리며 달리던 소년의
부릉부릉 심장 박동 소리에 비록 짓이겨지고 으깨졌지만
또르르 동그란 의지와 눈물은 더욱 투명해졌답니다.

아무도 모르게 은밀하게 바라보되

향이 새어 나오면 윙크해 주세요.

해 저물녘

빙글 돌리고,

빙글 바라보고,

빙글 마시고,

빙글빙글 추는,

물방울들의 춤

너무 크게 움직이지는 않으려고요.

여태 녹지 않은 햇빛을 천천히 녹이는 중이거든요.

새하얀 귀를 붉게 붉게 물들이는 중이거든요.

무덥고 긴 그해 여름을 쪼르르 잔에 따르면

재즈와 치즈의 얼룩이 묻어나는,

스위트하거나 드라이한 와인의 이 오묘한 체위를

혹시 아세요?

　　　　　　　　　　　—「와인의 체위를 아세요」 전문

　형태에 집착하는 이들을 향해 이향란은 "뮤즈는 빛이라

서/ 아니 어둠이라서 볼 수가 없"(「뮤즈의 담배에 불을 붙이며」)다고 말한다. 겉모습으로 대번에 쉽게 파악되는 것은 뮤즈가 아니다. 시가 아니다. 형태에 대한 부정과 저항은 계속된다. 시인은 "내가 누군지 모르겠다면/ 벗겨 봐 훌훌"(「리버서블 코트」)이라며, 형태라는 외피를 제거하고 그 내부의 본질을 통해 대상을 파악할 것을 요청한다. 그러면서 그녀는 상징계에 기존하는 정형화된 형태, 기성의 형태 대신 형태를 갖지 못한 것, '형태 없음'으로 간주되던 것, 그래서 눈으로 볼 수 없던 것들에 형태를 입혀 이제껏 없던 새로운 형이상학을 탐구하려 한다. 오래 지속되어 온 관념과 상투성의 형상 세계를 새롭게 재편하려 한다. 이러한 작업을 추상의 구체화, 무형의 형상화라고 할 수 있을 것이다.

"어제의 텁텁한 피곤과 눅눅한 우울, 지난밤의 불투명하고 삐걱대던 꿈들"에 형태를 입히려는 시인은 고정적이며 불변하는 고체 대신 무수한 가능성으로 꿈틀대는 동체를 부여한다. 동체動體는 움직이는 물체이자 기체와 액체를 아울러 이르는 말이기도 하다. "한 손으로 꾸욱 누르면 한 세계가 흩어짐 없이 밀려 나와요. 촉촉이 버무려진 향이 고개를 들고 기지개를 켜요"(「나는 민트 향의 치약을 써요」)라고 시인이 말할 때, '향'이라는 무형의 감각이 '기지개'라는 움직임으로 형상화되는 마법이 일어난다. 민트 향기가 기지개를 켜는 장면은 초현실적이다.

위의 시에서도 시인은 "스위트하거나 드라이한" 맛과 향에 '체위'라는 형태를 입힌다. 이때 체위는 어떤 고정된 형태가 아니라서 "오묘"하다. 그것은 "빨간 오토바이를 타고 먼지 날리며 달리던 소년의/ 부릉부릉 심장 박동 소리"이고, "또르르 동그란 의지"이며, "빙글빙글 추는/ 물방울들의 춤"이자 "무덥고 긴 그해 여름"이다. 미각과 후각을 이미지로 형상화하는 시인의 작업은 일차원적인 감각을 구체적이고 입체적인 운동의 세계로 편입시킨다. 그 순간 포도는 '포도'라는 고착된 이름을 벗고 의미 이전의 상태, 즉 "햇빛 아래 싱글싱글 맺히는 과일"로 돌아가며, '와인' 역시 "군침 도는 고백"이라는 무한한 가능태의 은유를 입게 된다.

> 당신은 총 나는 칼
> 당신은 뱀 나는 나는 새
> 당신은 삶 나는 죽음 아니 내가 삶 당신은 죽음
> 당신은 천사 나는 악마 아니 우리 둘 다 허접한 유령
> 아니아니 당신은 사이비 종교 지도자 나는 찢어진 경전

> 전원이 켜지면 당신과 나는 회로를 잃고 버릇처럼 고장이 나네요. 깜빡거리다가 꽃을 피우고 비가 오다가 달이 뜨네요. 맛있게 서로를 뜯어 먹으며 가위바위보를 하다가 심심해서 같이 죽기도 하네요. 꿰맞출 수 없네요. 뒤틀려 버렸네요. 알람이 울리지 않네요. 잘못되었네요.
> ―「설정을 바꿔 주세요」 부분

이향란은 이 현상세계를 이미 설정이 완료되어 고정된 차원으로 인식한다. 그래서 그 따분하고 강요된, 폭력적인 설정을 바꾸려 한다. 세계를 재편하기 위한 시인의 시도는 '회로'라는 기존 설정값을 일부러 상실시키는 '고장'에서부터 출발한다. 기존의 의미망에서 이탈하는, 기존 설정값에서는 기능 불량이자 무용함으로 진단되는 낯설고 독특한 상상력을 통해 "맛있게 서로를 뜯어 먹"는 형태의 해체를 도모하는 것이다. 기존의 형태가 사라진 자리에서 "당신은 총 나는 칼/ 당신은 뱀 나는 나는 새", "우리 둘 다 허접한 유령", "나는 찢어진 경전" 등 새로운 가능태들이 탄생한다. '당신'과 '나'라는 익숙한 관계 양상 대신 칼과 뱀과 새와 유령과 사이비 종교 지도자와 경전으로 다채롭게 변화하는 이 연애는 '꿰맞춤' 대신 '뒤틀림'을 지향하는 엉뚱한 방식으로 기존 세계의 설정을 새롭게 바꿔 버린다.

자세를 바꿔 가며
낯설고 낯익은 이야기로 서로를 엮었다

뒤에 오거나 아예 오지 않을 시간에 대해
소곤거리며

나무로 자라 버린 나무와
사람으로 살아 버린 나는
숲이 떠난 자리에서

나무의 일가를 이루었다

—「나무 속으로 들어갔다」 부분

설정을 바꾸는 것은 결국 기존의 형태를 바꾸는 것인데, 그것이 자기 존재에 적용될 때는 '나' 중심의 세계관에서 벗어나는 과정을 전제로 한다. "나무로 자라 버린 나무"와 "사람으로 살아 버린 나"는 각자의 세계에서 각각 '나무'와 '사람'이라는 고정된 형태로 존재해 왔다. 옥타비오 파스가 말하는 시적 순간은, 존재의 본질적인 이질성, 즉 타자성을 포용하려는 시도이다. 파스는 이것을 '치명적 도약'이라고 불렀다. '나'가 '나무'를 사랑해서 '나'의 '인간됨'을 내려놓는 순간, 치명적 도약이 일어난다. '나무'가 가진 기존의 타자성이 '나'의 내부에서 전혀 뜻밖의 것으로 변화하며, '나' 역시 자기 존재의 본성이 '나무'에 가깝게 전환되는 체험을 하게 된다. 이렇듯 서로에게 이질 대상인 두 타자가 동화되는 과정에는 "자세를 바꿔 가"는 형태의 포기, 형태의 변화가 선행된다. 이 과정을 통해 "서로를 엮"어 가면서, 둘은 마침내 "숲이 떠난 자리", 즉 '숲'으로 상징되는 기존의 의미 세계가 해체된 자리에서 "나무의 일가를 이루"게 된다. 형태라는 허상을 벗고, 자기 존재의 윤곽을 포기한 채 타자에게 동화되는 사랑이 완성되는 것이다.

서로가 서로를 문질러 대는 꽃밭
그곳을 들여다보던 나는 말할 수 없는 향을 뒤집어쓰고

나비가 되었다. 공중의 한가운데를 날개로 문질렀다. 한바
탕 비를 쏟고야 말겠다는 듯 회색 구름이 웅성거렸다.

그러나 나는 몰랐다. 여전히 알지 못했다. 아주 천천히
그리고 조용히 문질러야 하는 그 무엇에 대해. 그러므로 멈
추지 않고 서두르지도 않고 끝까지 알 수 없는 것들을 계
속 문질러 댔다.

—「문지르다」 부분

오늘날 현상세계는 고체가 지배하지만, '나'와 '타자'가 어
우러져 섞이는 아날로지analogy의 우주는 고체보다 액체와
기체가 점유하는 곳이다. "서로가 서로를 문질러 대는 꽃
밭"은 '나'와 '타자'가 서로의 고체화된 형태를 지우고 무형
의 상태, 즉 무수히 새로 태어날 액체와 기체의 상태로 서로
를 환원시키는 장소다. 이곳에서는 '앎'보다 '모름'이 요구된
다. 안다는 것은 의미의 확정이므로 새로운 해석이 돋아날
수 없는 판단 완료의 상태를 뜻한다. 위 시의 화자는 "여전
히 알지 못"함으로, "알 수 없는 것들을 계속 문질러" 댄다.
그러자 "한바탕 비를 쏟고야 말겠다는 듯 회색 구름이 웅성
거"리기 시작한다. "언젠가 번개에 불을 켜야 할 사람은 오
랫동안 구름으로 살아야 한다"던 니체처럼, 화자는 '구름'
이라는 미지와 몽상의 베일 안에서 기성 세계의 온갖 형상
들을 계속 문질러 댄다. 그 결과 "그곳을 들여다보던 나"는
"말할 수 없는 향"을 뒤집어쓰고 "나비"가 된다. 장자의 '호

141

접몽胡蝶夢'에서 '나'는 내가 나비인지, 나비가 나인지 분간하지 못한다. '나'가 '나비'로 변신하는 '그곳'은 상징계의 강요된 의미 체계와 현실원칙이 개입하지 못하는 이데아, 환상과 현실의 경계가 무화된 실재계, 우리가 오래전에 잃어버린 바로 그 상상계다.

이젠 돌려 달라고 해야 하나
아니면 그만 돌아가겠다고 해야 하나

나는 아직 내게 돌아오지 않았네

빛은 빛에게 그늘은 그늘에게 시간은 시간에게 돌아가
다시 빛나고 푸르고 소란스럽게 째깍이는데
나는 차마 묻지 못하겠네

왜 내가 돌아오지 않는지
왜 돌아갈 수 없는지

가끔의 너는 나를 구름 속 깊숙이 묻어 놓았다가
어느 날 문득
맑게 씻긴 말들을 건네며 나를 꺼내네
　　　　　—「나는 아직 돌아오질 않았네」 부분

상상계, 즉 실재계란 어떤 곳일까? 기존 세계 설정이 작

동하지 않는 곳, 상징계의 협소한 기준에서 고장 난 것들, 뒤에 오거나 아예 오지 않을 것들, 잘못된 것들, 끝까지 알 수 없는 것들로 가득한 곳, "꿈에서조차 넘겨지지 않는 이 곳은/ 불가능이 가능처럼 수런거리는 곳"이다. 시인은 "수인 번호가 없어서 탈옥이 어려운/ 인간의 밖에 갇혀 보지 않을래?"(『유리 감옥』)라고 제안한다. '수인 번호'가 기성 세계의 질서와 체계를 뜻한다면, 수인 번호가 없는 '인간의 밖'이란 환상과 무의식에 아무런 구속과 제한이 없는, 그 어떤 현실원칙과 확실성도 간섭하지 못하는 자유로운 초현실 세계일 것이다. 그곳에 "갇힌다"는 것은 역설적인 표현으로, 그곳이 그만큼 벗어나기 싫은, 영원토록 머물고 싶은 유토피아라는 반어적 의미로 해석된다. 그곳에서 "빛은 빛에게 그늘은 그늘에게 시간은 시간에게 돌아"간다. 모든 존재가 원래의 상태로 환원되는 상상계를 노래하면서 시인은 "나는 아직 내게 돌아오지 않았"다고 고백한다. "왜 내가 돌아오지 않는지/ 왜 돌아갈 수 없는지"를 안타까워한다. 그러면서 자신이 속한 이 현실 세계를 향해 "이젠 돌려 달라고", "그만 돌아가겠다고" 선언한다. '나'와 세계가 하나였던 시절로, 언어를 학습해 의미의 세계에 진입하면서 영영 잃어버린 그 옛날 충만한 몽상과 꿈의 세계로, 대체된 가짜 욕망이 아닌 내 진짜 욕망이 살아 숨 쉬는 세계로 돌아가려는 시인의 불가능한 도전은 기성 세계의 형태를 지우고, 형태 없는 것에 새로운 형태를 입히고, 합일할 수 없는 타자와 조화를 이루고, 그리하여 마침내 세계를 재편하는, 아니 이 세계를 떠나 그 옛날 우리가 영영 잃어버린 상상계로 돌아가는 여정이 될 것이다. 나는 그 나비 날개에 새겨진 아름다운 문양을 오래 바라보고 싶다. 그 문양에 내 눈을 문지르면서, 내게 입력된 세계의 낡은 형태들을 깨끗이 지워 내고 싶다.